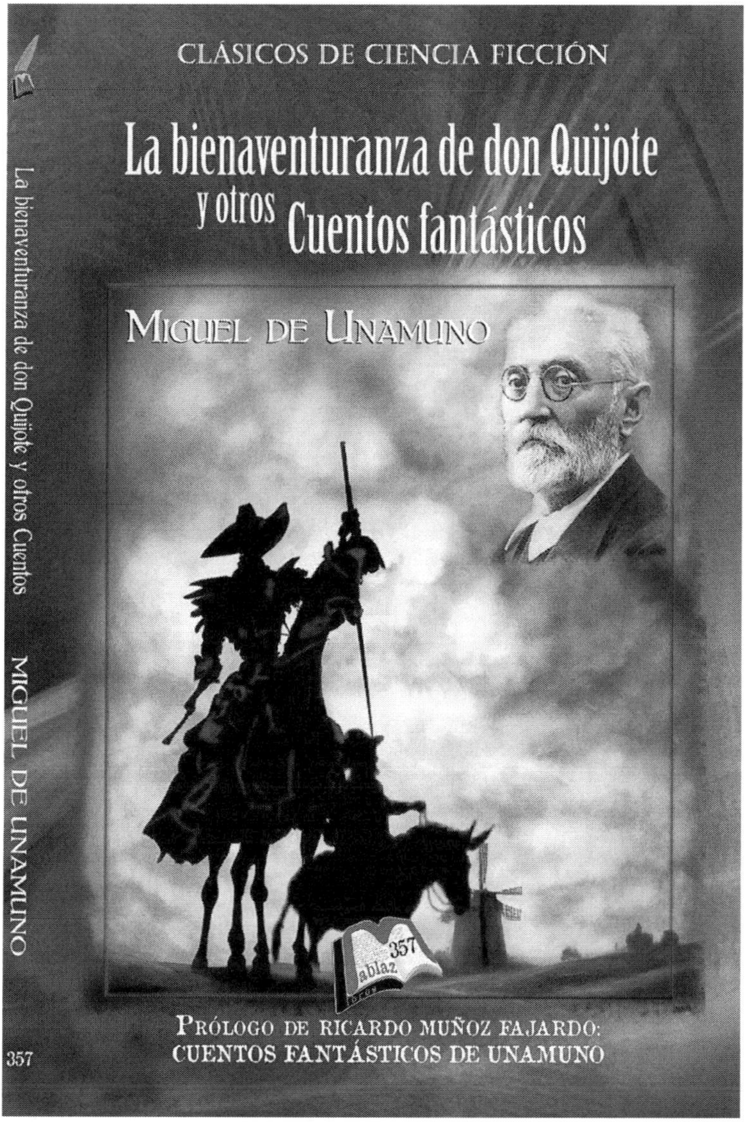
CLÁSICOS DE CIENCIA FICCIÓN
La bienaventuranza de don Quijote
y otros Cuentos fantásticos
MIGUEL DE UNAMUNO
PRÓLOGO DE RICARDO MUÑOZ FAJARDO:
CUENTOS FANTÁSTICOS DE UNAMUNO
La bienaventuranza de don Quijote y otros Cuentos
MIGUEL DE UNAMUNO
357

Ciencia ficción y Fantasía - 129

ablaz

La bienaventuranza de Don Quijote y otros cuentos fantásticos
Primera Edición, mayo de 2024

© De esta edición, Libros Mablaz, 2024

Blogs:
Editorial Libros Mablaz
**http://editoriallibrosmablazycienciaficcion.blogspot.co
m.es/**
Ciencia ficción y fantasía en Libros Mablaz:
http://mablazlibros.blogspot.com.es/
Introducción a las obras de Libros Mablaz:
http://librosmablazextractos.blogspot.com.es/
Libros Mablaz en Facebook:
https://www.facebook.com/groups/530547690292189/
Tu Librería en Casa:
https://www.facebook.com/TuLibreriaEnCasa
Librería Crisis–Neogénesis:
**http://www.todocoleccion.net/neog%C3%A9nesis_ven
dedorTC**

Diseño de cubiertas: Mari Carmen López

ISBN: 978-84-128261-8-0
Depósito Legal: M-9447-2024

LIBROS MABLAZ - 357

La bienaventuranza de don Quijote y otros Cuentos Fantásticos

Miguel de Unamuno

Prólogo:
Cuentos fantásticos de Unamuno

Sí, Miguel de Unamuno tiene también cuentos fantásticos, e incluso uno de ciencia ficción, *Mecanópolis*. A lo largo de estas reediciones ya hemos visto que esta faceta no es única del escritor vasco, puesto que era habitual que desde el siglo anterior este fuera un campo de la literatura en el que incursionaron autores que podíamos llamar consagrados.

En este caso podemos citar algunos nombres, algunos reeditados en esta colección, por llamarlo de alguna forma, de la editorial Libros Mablaz. Pedro Antonio de Alarcón, Clarín, Juan Valera, Rosalía de Castro, Emilia Pardo Bazán, Benito Pérez Galdós, Azorín, Pío y Ricardo Baroja, Ángel Ganivet, Carmen de Burgos, Federico García Lorca, Ramón Pérez de Ayala y sorpresas como puede ser Santiago Ramón y Cajal.

Esta recopilación alberga ocho de estos relatos debidos a su pluma: *La bienaventuranza de don Quijote*, *Mecanópolis*, *Las peregrinaciones de Turismundo*, *El canto de las aguas eternas*, *La sombra sin cuerpo*, *La carta del difunto*, *El que se enterró* y *Juan Manso: Cuento de muertos*.

Todas las lecturas posibles, de diferente ámbito, en el que el autor toca lo clásico, la seudoreligión, mitos y leyendas, fantasmas o espíritus, mensajes desde la eternidad, en su mayoría escrituras desconocidas del mismo, que brotan de la pluma de este genio de la literatura española.

Desconocemos si, además de estos cuentos con los que se ha hecho una antología por nuestra parte, Miguel de Unamuno cuenta con otros escritos. Si fuera así, los hubiésemos incluido en esta obra, como es lógico suponer.

Un libro que merece la pena leer, imprescindible para un mayor conocimiento de la generación del 98.

Ricardo Muñoz Fajardo

La bienaventuranza de don Quijote

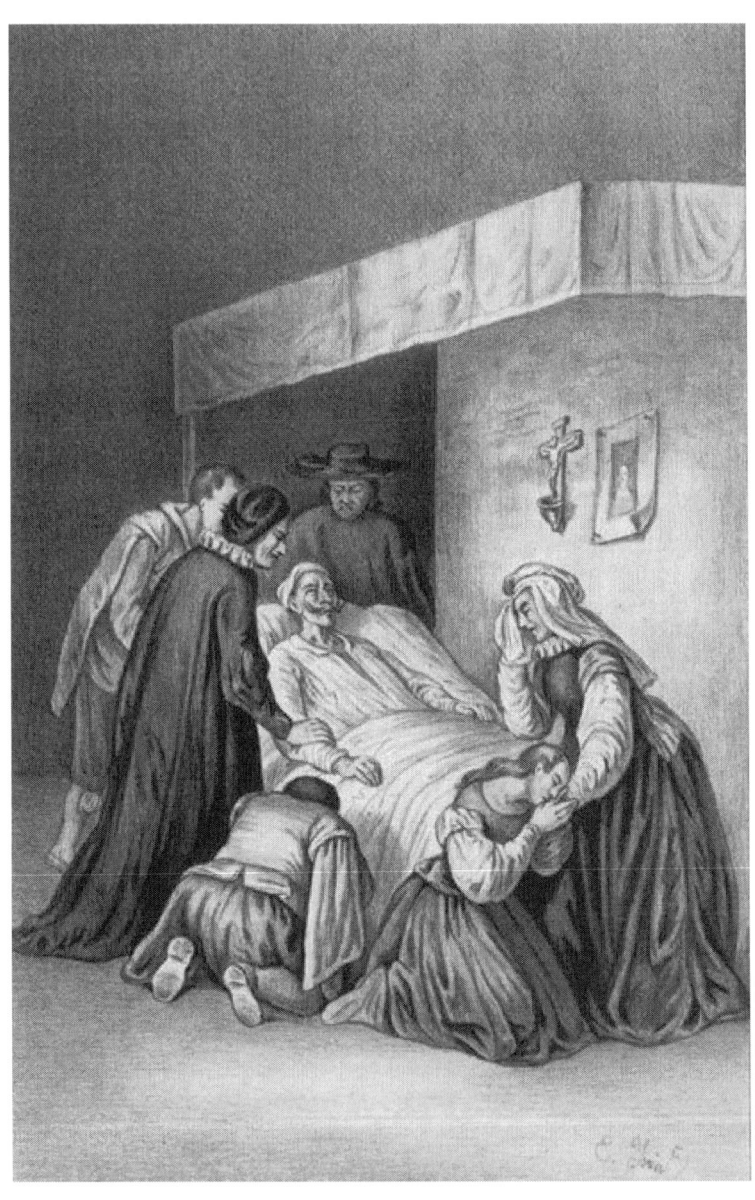

Hallose el escribano presente, y dijo que nunca había leído en ningún libro de caballerías que algún caballero andante hubiese muerto en su lecho tan sosegadamente y tan cristiano como don Quijote; el cual, entre compasiones y lágrimas de los que allí se hallaron, dio su espíritu; quiero decir que murió». Así nos lo cuenta Miguel de Cervantes Saavedra al fin el libro. Dio don Quijote su espíritu a la eternidad, y a la vez al mundo, al morirse. Y su espíritu vive y revive.

No bien muerto don Quijote, sintió como si se despeñara, empozara y hundiera en un nuevo abismo como el de la cueva de Montesinos y aunque curado de su locura por la muerte figurósele que volvía a una de sus caballerescas aventuras. Y se dijo: «¿Me habré de verdad curado?». Sentíase bajar en las tinieblas y bajaba y más bajaba. Y así como al bajar a la cueva de Montesinos se había dormido, pareciole que se dormía de nuevo, pero con un sueño dulcísimo. Algo así como el sueño en que vivió en el seno de su santa madre —¡la madre de don Quijote!— antes de salir a la luz del mundo.

La oscuridad era espesísima y olía a tierra mojada; a tierra mojada en lágrimas y en sangre.

El pobre caballero iba haciendo examen de conciencia. Y de lo que más se dolía era de aquellas pobres ovejas que alanceó tomándolas por ejército de bravos enemigos.

De pronto sintió que la sima en que iba cayendo, la sima de la muerte, empezaba a iluminarse pero con una luz que no hacía sombras. Era una luz difusa que parecía brotar de todas partes y como si su manantial estuviese en donde quiera y en redondo. Era como si todas las cosas se hiciesen luminosas y como si las entrañas mismas de la tierra se convirtiesen en luz. O era como si la luz viniese de un cielo cuajado de estrellas. Y era una luz humana a la vez que divina; era una luz de divina humanidad.

Hundió el caballero su mirada en aquella dulcísima lumbre derretida, que no hacía sombras, y descubrió una figura que le llenó de luminosa gravedad el corazón. Queríasele este saltar del pecho, al que se llevó las dos enjutas manos. Era que veía a Jesús, el Cristo, el Redentor. Y le veía con manto de púrpura, corona de espinas y cetro de caña, como cuando Pilato, el gran burlón, le expuso a la turba diciendo: «¡He aquí el hombre!». Se le apareció Jesucristo, el Supremo Juez, como cuando fue ludibrio de las gentes. Y el caballero, que como buen cristiano viejo y a la española creía a pies juntillas que el Cristo es Dios y había oído aquello de que quien a Dios ve se muere, se dijo: «Pues que veo a mi Dios, verdaderamente me he muerto». Y al saberse ya muerto, del todo muerto perdió todo el temor y miró cara a cara, ojos a ojos, a Jesús. Y apenas vio sino una sonrisa melancólica, una sonrisa que era como la de un cielo cuajado de estrellas, y unos ojos celestes y una mirada como la del cielo. Y el caballero se sentía llevar, como volando a ras del cielo, hacia el Redentor.

Cuando estuvo cerca, el Cristo dejó caer el manto de púrpura y el cetro de caña y abrió los brazos como los tiene abiertos en la cruz. Y el caballero abrió también sus brazos, como en crucifixión. Y se acercaron más. Y oyó don Quijote como un susurro, brisa de eternidad, que le sonaba no en los oídos sino en el corazón y decía: «Ven a mi pecho». Y cayó en brazos del Redentor que iba a juzgarle.

Los brazos del Cristo ceñían a don Quijote por la cintura y los de este ceñían el cuello de Jesús. Las dos manos enjutas, sarmentosas, del caballero, se cruzaban en la espalda del Redentor. Y don Quijote apoyó su cabeza sobre el hombro izquierdo, el del lado del corazón, del Cristo y rompió a llorar. Lloraba, lloraba, lloraba. Sus grises cabellos enmarañados, se enredaban en las espinas de la corona que ceñía la melena del Nazareno. Y lloraba, lloraba, lloraba. Sus lágrimas resbalaban por el hombro de Jesús. Y mezclábanse a lágrimas del Redentor mismo. Las lágrimas del loco de España mezclábanse a las del que fue tenido por loco en su familia (S. Marcos, III, 21). Y los dos locos lloraban. Pasó sobre el alma del caballero toda la pesadumbrosa visión de la pasión de su locura, y recordó, sobre todo, aquel momento en que a la vista de unas imágenes de talla pensó abandonar su vida de aventuras y dedicarse a ganar el cielo. Pero, ¿no le ganó acaso con sus locuras? Y pensando en su vida pública lloraba el caballero. Y lloraba el Redentor.

Sintió de pronto don Quijote que uno de los brazos del Cristo se desprendía del abrazo de su cintura y se alzaba y le sintió posarse sobre su cabeza rendida. Y de aquella mano dulcísima, atravesada por el agujero de un clavo, sintió como si brotara luz y como si aquella luz le penetrase en los sesos a quien habían dejado secos los libros de caballerías.

Se le llenó de luz el cerebro al caballero. Y vio toda su vida bañada en luz. Y al Cristo sobre una colina, al pie de un olivo, bañado en luz del alba de un día de primavera, y oyó —era como si cantase el cielo— estas palabras: «¡Bienaventurados los locos porque ellos se hartarán de razón!».

Y el caballero se sintió en la gloria eterna.

Mecanópolis

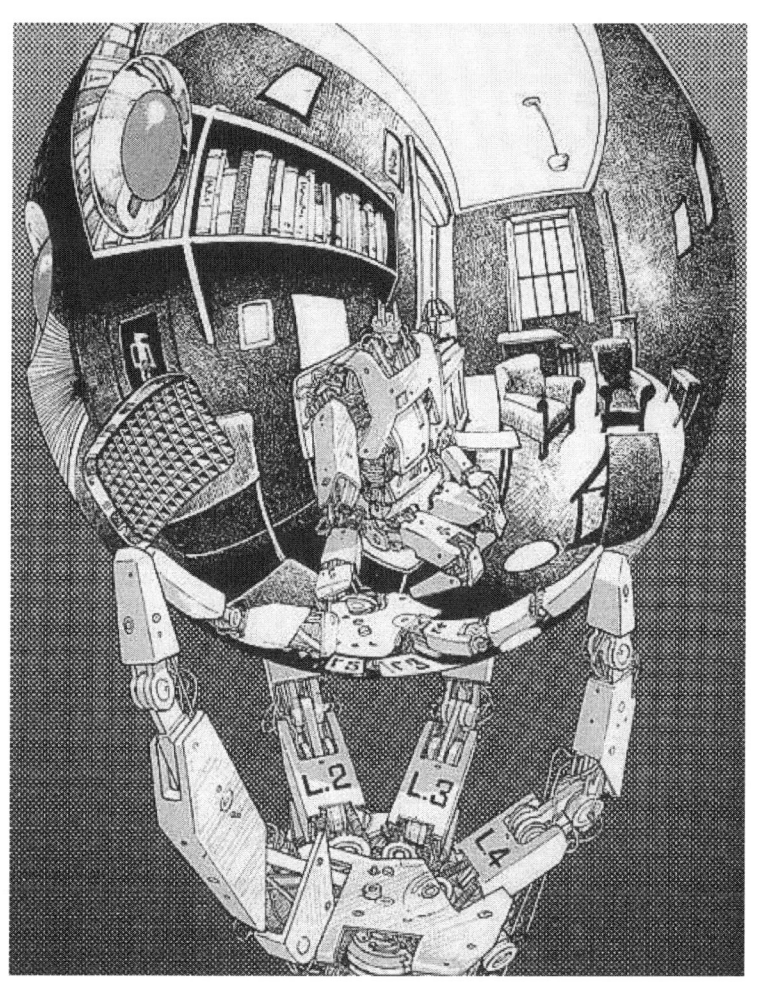

Leyendo en Erewhon, de Samuel Butler, lo que nos dice de aquel erewhoniano que escribió el *Libro de las máquinas*, consiguiendo con él que se desterrasen así todas de su país, hame venido a la memoria el relato del viaje que hizo un amigo mío a Mecanópolis, la ciudad de las máquinas. Cuando me lo contó temblaba todavía del recuerdo, y tal impresión le produjo, que se retiró luego durante años a un apartado lugarejo en el que hubiese el menor número posible de máquinas. Voy a tratar de reproducir el relato de mi

amigo, y con sus mismas palabras, a poder ser.

Llegó un momento en que me vi
perdido en medio del desierto; mis compañeros, o habían retrocedido, buscando
salvarse, como si supiéramos hacia donde
estaba la salvación, o habían perecido de
sed. Me encontré solo y casi agonizando
de sed. Me puse a chupar la sangre negrí-
sima que de los dedos me brotaba, pues
los tenía en carne viva por haber estado
escarbando con las manos desnudas el
árido suelo, con la loca esperanza de

alumbrar alguna agua en él. Cuando ya me disponía a acostarme en el suelo y cerrar los ojos al cielo, implacablemente azul, para morir cuanto antes y hasta procurarme la muerte conteniendo la respiración o enterrándome en aquella tierra terrible, levanté los desmayados ojos y me pareció ver alguna verdura a lo lejos: "Será un ensueño de espejismo", pensé; pero fui arrastrándome.

Fueron horas de agonía; más cuando llegué, encontreme, en efecto, en un oasis. Una fuente restauró mis fuerzas, y después de beber comí algunas sabrosas y suculentas frutas que los árboles brindaban liberalmente. Luego me quedé dormido.

No sé cuántas horas estaría durmiendo, y si fueron horas, o días, o meses, o años. Lo que sé es que me levanté otro, enteramente otro. Los horrendos padecimientos habíanse borrado de la memoria o poco menos. "¡Pobrecillos!", me dije al recordar a mis compañeros de exploración muertos en la empresa. Me levanté. Volví a comer frutas y a beber agua, y me dispuse a recorrer el oasis. Y he aquí que a los pocos pasos me encuentro con una estación de ferrocarril, pero enteramente desierta. No se veía un alma en ella. Un tren, también desierto, sin maquinista ni fogonero, estaba humeando. Ocurrióseme subir, por curiosidad, a uno de sus vagones. Me senté en él; cerré, no sé por qué, la portezuela, y el tren se puso en marcha. Experimenté un loco terror y me entraron ganas de arrojarme por la ventanilla. Pero, diciéndome: "Veamos en qué para esto", me contuve.

Era tal la velocidad del tren, que ni podía darme cuenta del paisaje circunstante. Tuve que cerrar las ventanillas. Era un vértigo horrible. Y cuando el tren al cabo se paró, encontreme en una magnífica estación muy superior a cuantas acá conocemos. Me apeé y salí. Renuncio a describirte la ciudad. No podemos ni soñar todo lo que de magnificencia, de suntuosidad, de comodidad, y de higiene estaba allí acumulado. Por cierto que no me daba cuenta para qué todo aquel aparato de higiene, pues no se veía ser vivo alguno. Ni hombres, ni animales. Ni un perro cruzaba la calle; ni una golondrina el cielo.

Vi en un soberbio edificio un rótulo

que decía: Hotel, escrito así, como lo escribimos nosotros, y allí me metí. Completamente desierto. Llegué al comedor. Había en él dispuesta una muy sólida comida. Una lista sobre la mesa, y cada manjar que en ella figuraba con su número, y luego un vasto tablero de es numerados. No había sino tocar un botón y surgía del fondo de la mesa un plato que se deseara.

Después de haber comido salí a la calle. Cruzábanla tranvías y automóviles, todos vacíos. No había sino acercarse, hacerles una seña y paraban. Tomé un automóvil y me dejé llevar. Fui a un magnífico parque geológico, en los que se mostraban los distintos terrenos, todos con sus explicaciones en cartelitos. La explicación estaba en español, sólo que con ortografía fonética. Salí del parque; vi que pasaba un tranvía en ese rótulo: "Al Museo de Pintura", lo tomé. Había allí todos los cuadros más famosos y en sus verdaderos originales. Me convencí de que cuantos tenemos por acá, en nuestros museos, no son sino reproducciones muy hábilmente hechas. Al pie de cada cuadro una doctísima explicación de su valor histórico y estético, hechas con la más exquisita sobriedad. En media hora de visita allí aprendí sobre pintura, más que en doce años de estudio por aquí. Por una explicación que leí en el cartel de la entrada vi que en Mecanópolis se consideraba al Museo de Pintura como parte del Museo Paleontológico. Era para estudiar los productos de la raza humana que había poblado aquella tierra antes que las *m&aacut* las suplantaran. Parte de la cultura paleontológica de los mecanopolitas —¿quiénes?— eran también la sala de música y las más de las bibliotecas, de que estaba llena la ciudad.

¿A qué he de molestarte más? Visité la gran sala de conciertos, donde los instrumentos tocaban solos. Estuve en el Gran Teatro. En un cine acompañado de fonógrafo, pero de tal modo que la ilusión era completa. Pero me heló el alma el que yo era el único espectador. ¿Dónde estaban los mecanopolitas?

Cuando a la mañana siguiente me desperté en el cuarto del hotel, me encontré, en la mesilla de noche, El Eco de Mecanópolis, con noticias de todo el mundo recibidas en la estación de telegrafía sin hilos. Allá, al final, traía esta noticia:

"Ayer tarde arribó a nuestra ciudad, no sabemos cómo, un pobre hombre de los que aún quedaban por ahí, le auguramos malos días."

Mis días, en efecto, empezaron a hacérseme torturantes. Y es que empecé a poblar mi soledad de fantasmas. Es lo más terrible de la soledad, que se puebla al punto. Di en creer que todas aquellas fábricas, aquellos artefactos, eran regidos por almas invencibles, intangibles y silenciosas. Di en creer que aquella ciudad estaba poblada de hombres como yo, pero que iban y venían sin que lo viese ni los oyese mi tropezara con ellos. Me creí víctima de una terrible enfermedad, de una locura. El mundo invisible con que poblé la soledad humana de Mecanópolis se me convirtió en una martirizadora pesadilla. Empecé a dar voces, a increpar a las máquinas, a suplicarlas. Llegué hasta a caer de rodillas delante de un automóvil, implorando de él misericordia. Estuve a punto de arrojarme en una caldera de acero hirviente de una magnífica fundición de hierro.

Una mañana, al despertarme, aterrado cogí el periódico, a ver lo que pasaba en el mundo de los hombres, y me encontré con esta noticia: "Como preveíamos, el pobre hombre que vino a dar, no sabemos cómo, a esta incomparable ciudad de Mecanópolis, se está volviendo loco. Su espíritu, lleno de preocupaciones ancestrales y de supersticiones respecto al mundo invisible, no puede hacerse al espectáculo del progreso. Le compadecemos".

No pude ya resistir esto de verme compadecido por aquellos misteriosos seres invencibles, ángeles o demonios —que es lo mismo—, que yo creía que habitaban

Mecanópolis. Pero de pronto me saltó una idea terrible, y era la de que las máquinas aquellas tuviesen su alma, un alma mecánica, y que eran las máquinas mismas las que me compadecían. Esta idea me hizo temblar. Creí encontrarme ante la raza que ha de dominar la tierra.

Salí como un loco y fui a echarme delante del primer tranvía eléctrico que pasó. Cuando desperté del golpe me encontré de nuevo en el oasis de donde partí. Eché a andar, llegué a la tienda de unos beduinos, y al encontrarme con uno de ellos, le abracé llorando. ¡Y qué bien nos entendimos aun sin entendernos! Me dieron de comer, me agasajaron, y a la noche salí con ellos, y tendidos en el suelo, mirando el cielo estrellado, oramos juntos. No había máquina alguna en derredor nuestro.

Y desde entonces he concebido un verdadero odio a eso que llamamos progreso, y hasta a la cultura, y ando buscando un rincón donde encuentre un semejante, un hombre como yo, que llore y ría como yo río y lloro, y donde no haya una sola máquina y fluyan todos los días con la dulce mansedumbre cristiana de un arroyo perdido en el bosque virgen.

Las peregrinaciones de Turismundo
La ciudad de Espeja

Cuando ya el pobre Turismundo se creía en el páramo inacabable, a morir de hambre, de sed y de sueño al pie de un berrueco, al tropezar en un tocón vio a lo lejos, derretidas en el horizonte, las torres de una ciudad. Brotó sobre ellas, como una inmensa peonía que revienta, el Sol, y la ciudad centelleaba. Recogió Turismundo lo que de vida le quedaba y fue hacia la ciudad que, según él, se le acercaba, y el sol subía en el cielo, engrandeciéndose ella. Mas cuando ya estaba a su entrada, el aire parecía espesarse y oponerle un muro.

Era, en efecto, un muro transparente e invisible. Siguió a lo largo de él, bordeando la ciudad, hasta que entró en esta por una que parecía puerta en el muro invisible.

Las calles, espaciosas y soleadas, estaban desiertas, aunque de vez en cuando pasaban por ella vehículos vacíos y que marchaban solos, sin nadie que los llevase ni guiase. Las casas, todas de un piso, tenían así como fisonomía humana; con sus ventanas y puertas y balcones, todo ello abierto de par en par, parecían observar al peregrino y a las veces sonreírle. Turismundo había olvidado su hambre, su sed y su sueño.

Desde la calle podía verse el interior de las casas, abiertas a toda luz y todo aire. En casi todas ellas, junto a muebles relucientes, al lado de camas que convidaban al descanso, grandes cuadros con retratos de los dueños acaso, o de sus antepasados. Y ni una sola persona viva. De algunas casas salían tocatas como de armonio. Y llegó a ver por una ventana de un piso bajo, el armonio que sonaba. Sonaba solo; nadie lo tocaba.

Detrás de las tapias de los sendos jardinillos de las casas alzábanse cipreses en que piaban y chillaban bandadas de gorriones. Y de todo como que rezumaba una quietud apacible y luminosa.

Fue a dar Turismundo a una larga calle con soportales. Se asomó a una de las abiertas casas y descubrió una gran biblioteca. Los libros estaban todos al alcance de su mano. Pero siguió calle adelante, por los soportales, hasta ir a dar a una plaza espaciosísima, toda poblada de estatuas y cruces y obeliscos. Era un gran cementerio; el cementerio, sin duda, de la ciudad desierta. Hallándose en el cual oyó sacudir del cielo los toques de una campana, y entonces se le despertaron, con fuerza devoradora, el hambre, la sed y el sueño.

Entró en la primera calleja, luego en la primera casa —todas estaban abiertas—, y llegó a un comedor, en medio del cual y en mesa limpia había de comer y de beber en abundancia y a escoger. Comió y bebió, no mucho, pero hasta satisfacerse, y luego procurose la cama y cayó rendido de sueño sobre ella antes de poder desnudarse.

Cuando se despertó al día siguiente, Turismundo sentíase otro. Un indecible gozo de paz corría por sus entrañas. Fuese al comedor, desayunó un desayuno con aromoso y caliente café —¿hecho por quién?— y salió a la calle a descubrir mejor la ciudad. De cuando en cuando cruzaba algún vehículo vacío y un caballo solo y en pelo. Al pasar junto a la casa de la biblioteca entrose en ella, buscó un libro, el más a mano —y eso que estaba allí el catálogo y era facilísimo por él dar con cualquier otro—, y se puso a leerlo.

Cuando volvió a salir a las calles de

la ciudad invadiole un extraño y misterioso sentimiento. Era como si una espesísima, pero invisible, intangible e inoíble
muchedumbre humana le rodease. Sentíase entre un tropel de prójimos y como si
se clavasen en él miles de miradas invisi-
bles. Y hasta sintió, en las entrañas y no
en los oídos, el eco de risas silenciosas.
Apretó el paso y la muchedumbre aquella
no cesaba. Y no era, no, que le siguiesen;
era que las calles y cantones y plazuelas y
corrillos estaban todos atestados de aquella gente, a la que ni veía, ni oía, ni toca-

ba. Aunque a ratos sentía como voces misteriosas y el apretamiento de la muchedumbre.

Buscando encontrarse solo, alzó la voz para increpar a la turba invisible, silenciosa e implacable, y la sangre se le paró, helada de terror, en las venas, porque no se oyó a sí mismo. Parecía que el ámbito saturado de hombres, hecho de ellos, humanado —no humanizado—, ahogaba su voz y con ella le ahogaba a él. Y sintió hambre y sed y sueño de soledad; ansió con ansias mortales encontrarse solo, enteramente solo, viendo miradas y oyendo voces de hombres y de mujeres, tocando a prójimos. Y comprendió que la soledad, la verdadera soledad, la que le pone a uno cara a cara de Dios y lejos de sí mismo, es la que se logra en medio del tráfago y tumulto de la gente.

Quiso salir de la ciudad y no pudo. Ceñíale aquel muro invisible, aquella faja de aire hecho como acero. Y desesperado se volvió por entre aquella muchedumbre invisible, silenciosa e intangible, al cementerio central, a la gran plaza. Y paseándose, henchido de congoja, por entre las tumbas y las estatuas, en cuyo mármol cantaba el sol, vio que la hermosa laude se entreabría como la valva de una ostra.

Al acercarse él cerrose. Se detuvo Turismundo, buscó luego una tranca y aguardó junto a la tumba. Y cuando la laude volvió a empezar a entreabrirse metió la tranca por la rendija e hizo fuerza como con una palanca.

—¡No, por fuerza no! —dijo una voz que salía de la tumba.

Al poco rato salía a luz un enano huesudo y cetrino.

—¿Y tú quién eres? —le preguntó Turismundo.

—¿Yo? Yo soy Quindofa, y tú, Turismundo, desde hoy mi amo.

—¿Qué hacías ahí?

—¿Yo? ¿Qué hacía yo aquí? Pues yo hacía aquí, dormir.

—Pues que me llamaste tu amo, ¿me enseñarás a salir de la ciudad?

—¿De esta ciudad de Espeja? Sí, te enseñaré a salir de ella. Saldremos, y juntos correremos mundo.

—¿Y esa muchedumbre invisible, silenciosa e impalpable que llena esta ciudad y no me deja solo un solo momento?

—¿No te viste nunca en un cuarto cuyas cuatro paredes y el techo y el suelo fuesen seis espejos? ¡La de gente que te rodearía allí! ¡Pues esto y no otra cosa es lo que aquí te ocurre! Aquí todo es espejo.

—Y cuando quise hablarles no me oí.

—¡Es natural! El que habla solo y para sí solo, no se oye.

—Pues ahora, al hablarte, me oigo.

—Sí, porque yo, Quindofa, tu criado, te sirvo de eco. Si no repercutieran en mí y desde mí a ti tus palabras, no te oirías. Pero ahora vamos. Dame la mano.

Le dio Turismundo la mano a Quindofa, el enano huesudo y eterno, y sintió al punto que toda aquella muchedumbre invisible, silenciosa e intangible que llenara la ciudad se había recogido a sus moradas, y por las calles desiertas fueron hasta la misma puerta invisible por donde el peregrino había entrado. Y pronto se encontraron en el páramo.

—¿Y ahora? —preguntó Turismundo.

—¿Ahora? —contestó Quindofa—. ¿No ves allí, lejos, muy lejos, aquello que parece una nube? Pues aquello es la montaña Queda. Vamos a subir a ella y me agradecerás la visita. Es una de las cosas más maravillosas que en este nuestro mundo —el tuyo y el mío— pueden verse. ¡Y aquella águila! ¡Y aquellas abejas!

FIN

El canto de las aguas eternas

El angosto camino, tallado a pico en la desnuda roca, va serpenteando sobre el abismo. A un lado empinados tormos y peñascales, y al otro lado óyese en el fondo oscuro de la sima el rumor incesante de las aguas, a las que no se alcanza a ver con los ojos. A trechos forma el camino unos pequeños ensanches, lo preciso para contener una docena mal contada de personas; son a modo de descansaderos para los caminantes sobre la sima y bajo una tenada de ramaje. A lo lejos se destaca del cielo el castillo empinado sobre una enhiesta roca. Las nubes pasan sobre él, desgarrándose en las pingorotas de sus torreones.

Entre los romeros va Maquetas. Marcha sudoroso y apresurado, mirando no más que al camino que tiene ante los ojos y al castillo de cuando en cuando. Va cantando una vieja canción arrastrada que en la infancia aprendió de su abuela, y la canta para no oír el rumor agorero del torrente que corre invisible en el fondo de la sima.

Al llegar a uno de los reposaderos,

una doncella que está en él, sentada sobre un cuadro de césped, le llama.

—Maquetas, párate un poco y ven acá. Ven acá, a descansar a mi lado, de espalda al abismo, a que hablemos un poco. No hay como la palabra compartida en amor y compañía para darnos fuerzas en este viaje. Párate un poco aquí, conmigo. Después, refrescado y restaurado, reanudarás tu marcha.

—No puedo, muchacha —le contesta Maquetas amenguando su marcha, pero sin cortarla del todo—, no puedo; el castillo está aún lejos, y tengo que llegar a él antes que el sol se ponga tras sus torreones.

—Nada perderás con detenerte un rato, hombre, porque luego reanudarás con más brío y con nuevas fuerzas tu camino. ¿No estás cansado?

—Sí que lo estoy, muchacha.

—Pues párate un poco y descansa. Aquí tienes el césped por lecho, mi regazo por almohada. ¿Qué más quieres? Vamos, párate.

Y le abrió sus brazos ofreciéndole el seno.

Maquetas se detiene un momento, y

al detenerse llega a sus oídos la voz del torrente invisible que corre en el fondo de la sima. Se aparta del camino, se tiende en el césped y reclina la cabeza en el regazo de la muchacha, que, con sus manos rosadas y frescas, le enjuga el sudor de la frente, mientras él mira con los ojos al cielo de la mañana, un cielo joven como los ojos de la muchacha, que son jóvenes.

—¿Qué es eso que cantas, muchacha?

—No soy yo, es el agua que corre ahí abajo, a nuestra espalda.

—¿Y qué es lo que canta?

—Canta la canción del eterno descanso. Pero ahora descansa tú.

—¿No dices que es eterno?

Ese que canta el torrente de la sima, sí; pero tú descansa.

—Y luego...

—Descansa, Maquetas, y no digas «luego».

La muchacha le da con sus labios un beso en los labios; siente Maquetas que el beso, derretido, se le derrama por el cuerpo todo, y con él y su dulzura, como si el cielo todo se le vertiera encima. Pierde el sentido. Sueña que va cayendo sin fin por la insondable sima. Cuando se despierta y abre los ojos ve el cielo de la tarde.

—¡Ay, muchacha, qué tarde es! Ya no voy a tener tiempo de llegar al castillo. Déjame, déjame.

—Bueno, vete; que Dios te guíe y acompañe y no te olvides de mí, Maquetas.

—Dame un beso más.

—Tómale, y que te sea fuerza.

Con el beso siente Maquetas que se le centuplican y echa a correr, camino adelante, cantando al compás de sus pisadas. Y corre, corre, dejando atrás a otros romeros. Uno le grita al pasar:

—¡Tú pararás, Maquetas!

En esto ve que el sol empieza a ponerse tras los torreones del castillo, y el corazón de Maquetas siente frío. El incendio de la puesta dura un breve momento; se oye el rechinar de las cadenas del puente levadizo. Y Maquetas se dice: «Están cerrando el castillo».

Empieza a caer la noche, una noche insondable. Al breve rato Maquetas tiene que detenerse porque no ve nada, absolutamente nada; la negrura lo envuelve todo. Maquetas se para y se calla, y en lo insondable de las tinieblas se oye el rumor de las aguas del torrente de la sima. Va espesándose el frío.

Maquetas se agacha, palpa con las manos arrecidas el camino y empieza a caminar a gatas, cautelosamente, como un raposo. Va evitando el abismo.

Y así camina mucho tiempo, mucho tiempo. Y se dice:

—¡Ay, aquella muchacha me engañó! ¿Por qué le hice caso?

El frío se hace horrible. Como una espada de mil filos le penetra por todas partes. Maquetas no siente ya el contacto del suelo, no siente sus propias manos ni sus pies; está arrecido. Se para. O mejor, no sabe si está parado o sigue andando a gatas.

Siéntase Maquetas suspendido en medio de las tinieblas; negrura en todo alrededor. No oye más que el rumor incesante de las aguas del abismo.

—Voy a llamar —se dice Maquetas, y hace esfuerzo de dar la voz. Pero no se oye: la voz no le sale del pecho Es como si se le hubiese helado.

Entonces Maquetas piensa:

«¿Estaré muerto?».

Y al ocurrírsele esto, como que las tinieblas y el frío se sueldan y eternizan en torno de él.

«¿Será esto la muerte? —prosigue pensando Maquetas—. ¿Tendré que vivir en adelante así, de pensamiento puro, de recuerdo? ¿Y el castillo? ¿Y el abismo? ¿Qué dicen esas aguas? ¡Qué sueño, qué enorme sueño! ¡Y no poder dormirme...! ¡Morir así, de sueño, poco a poco y sin cesar, y no poder dormirme...! Y ahora ¿qué voy a hacer? ¿Qué haré mañana?

¿Mañana? ¿Qué es esto de mañana?

¿Qué quiere decir mañana? ¿Qué idea es esta de mañana que me viene del fondo de las tinieblas, de donde cantan esas aguas?

¡Mañana! ¡Ya no hay para mí mañana! Todo es ahora, todo es negrura y frío. Hasta este canto de las aguas eternas parece canto de hielo; es una sola nota prolongada.

¿Pero es que realmente me he muerto? ¡Cuánto tarda en amanecer! Pero no sé el tiempo que ha pasado desde que el sol se puso tras los torreones del castillo...

Había hace tiempo —sigue pensando— un hombre que se llamaba Maquetas, gran caminante, que iba por jornadas a un castillo donde le esperaba una buena comida junto al fogón, y después de la buena comida un buen lecho de descanso y en el lecho una buena compañera. Y allí, en el castillo, había de vivir días inacabables, oyendo historias sin término, solazándose con la mujer, en una juventud perpetua. Y esos sus días habrían de ser todos iguales y todos tranquilos. Y según pasaran, el olvido iría cayendo sobre ellos. Y todos aquellos días serían así un solo día eterno, un mismo día eternamente renovado, un hoy perpetuo rebosante de todo un infinito de ayeres y de todo un infinito de mañanas.

Y aquel Maquetas creía que eso era la vida y echó a andar por su camino. E iba deteniéndose en las posadas, donde dormía, y al salir de nuevo el sol reanudaba él de nuevo su camino. Y una vez, al salir una mañana de una posada, se encontró a un anciano mendigo que estaba sentado sobre un tronco de árbol, a la puerta, y le dijo: "Maquetas, ¿qué sentido tienen las cosas?". Y aquel Maquetas le respondió, encogiéndose de hombros: "¿Y a mí qué me importa?". Y el anciano mendigo volvió a decirle: "Maquetas, ¿qué quiere decir este camino?". Y aquel Maquetas le respondió ya algo enojado: "¿Y para qué me preguntas a mí lo que quiere decir el camino? ¿Lo sé yo acaso? ¿Lo sabe alguien? ¿O es que el camino quiere decir algo? ¡Déjame en paz, y quédate con Dios!". Y el anciano mendigo frunció las cejas y sonrió tristemente mirando al suelo.

Y aquel Maquetas llegó luego a una región muy escabrosa y tuvo que atravesar una fiera serranía, por un sendero escarpado y cortado a pico sobre una sima en cuyo fondo cantaban las aguas de un torrente invisible. Y allí divisó a los lejos el castillo adonde había de llegar antes de que se pusiese el sol, y al divisarlo le saltó de gozo el corazón en el pecho, y apresuró la marcha. Pero una muchacha, linda como un fantasma, le obligó a que se detuviera a descansar un rato sobre el césped, apoyando en su regazo la cabeza, y aquel Maquetas se detuvo. Y al despedirse le dio la muchacha un beso, el beso de la muerte, y al poco de ponerse el sol tras los torreones del castillo aquel Maquetas se vio cercado por el frío y la oscuridad, y la oscuridad y el frío fueron espesándose y se fundieron en uno. Y se hizo un silencio de que sólo se libertaba el canto aquel de las aguas eternas del abismo, porque allí, en la vida, los sonidos, las voces, los cantos, los rumores surgían de un vago rumoreo, de una bruma sonora; pero aquel canto manaba del profundo silencio, del silencio de la oscuridad y el frío, del silencio de la muerte.

¿De la muerte? De la muerte, sí, porque aquel Maquetas, el esforzado caminante, se murió.

¡Qué lindo es el cuento y qué triste! Es más lindo, mucho más lindo, más triste, mucho más triste que aquella vieja canción que me enseñó mi abuela. A ver, a ver, voy a repartírmelo otra vez...

Había hace mucho tiempo un hombre que se llamaba Maquetas, gran caminante, que iba por jornadas a un castillo...».

Y Maquetas se repitió una, y otra, y otra, y otra vez el cuento de aquel Maquetas, y sigue repitiéndoselo, y así seguirá en tanto que sigan cantando las aguas del invisible torrente de la sima, y estas aguas cantarán siempre, siempre, siempre, sin ayer y sin mañana, siempre, siempre, siempre...

FIN

Abril, 1909

La sombra sin cuerpo

Fragmento de una novela en preparación

El misterio fiel suicidio de mi padre me atormentaba, como os he dicho, de continuo. En él se encerraba para mí el misterio de mi propia vida y hasta de mi existencia. «¿Por qué y para qué había venido yo al mundo?». Tal era la pregunta que me dirigía a mí mismo de continuo. Y si no acabé con mi vida, si no me la quité a propia mano armada, fue porque esperaba arrancar de mi madre, a escondidas del otro, la solución del misterio de mi vida.

Habríame, en efecto, juzgado y sentenciado a mí mismo y ejecutado luego por mí propio la sentencia, haciendo así de reo, juez y verdugo, si hubiera podido procesarme. Pero mi proceso tenía que empezar por la inquisición del suicidio de mi padre, que habría de ser el que justificase el mío. Y no había manera de arrancar una palabra a mi pobre madre sometida al otro que había hecho desaparecer de casa todo rastro que pudiese recordar a su antiguo dueño.

Por este tiempo vino a dar a mis manos aquella estupenda novelita de Adalberto Chamisso que se llama *La maravillosa historia de Pedro Schlemihl* o sea el hombre sin sombra, el hombre a quien le quita su sombra, a cambio de la bolsa de Fortunato, el hombre del traje gris o sea el Diablo. El pobre Schlemihl, como se sabe, de nada le sirvió su bolsa pues que todos huían de él al verle sin sombra y tenía que huir de la luz, de lo que se aprovechó el diablo para proponerle la devolución de la sombra por el alma, a cambio de esta, trato que rechazó Sch-

77

lemihl con todo lo que en la maravillosa novelita de Chamisso se sigue.

La lectura de esta obra verdaderamente clásica me produjo una impresión inexplicable. Pero lo que me preocupaba no era la muerte de Pedro Schlemihl, sino la de su sombra. Cuando este desgraciado aceptó el primer trato con el hombre del traje gris, este se arrodilló ante él y con maravillosa destreza le arrancó su sombra, de la cabeza a los pies, de la yerba, la levantó, la arrolló y plegó y se la guardó. Y yo me preguntaba qué es lo que hizo después con esa sombra. Di en pensar que no se la guardó en el bolsillo esperando a que Schlemihl, al sentir las consecuencias de tener que vivir sin ella, volviera a pedirle deshacer el trato, ofreciendo devolverle la bolsa, y entonces le propusiera comprarle el alma, sino que el Diablo soltó la sombra a que fuese a errar por el mundo. Y me imaginaba que si encontramos a un hombre sin sombra nos ha de producir no ya extrañeza, como a los condenados del Purgatorio del Dante les causaba verle a este con ella, sino espanto, verdadero espanto, mucho más habría de producirnos encontrarnos en los caminos de la vida con la sombra de un hombre sin su cuerpo. En la novelita misma de Chamisso hay un pasaje en que Schlemihl se encuentra con la sombra de un hombre invisible y lucha con este para quitársela, pero no es lo mismo esto que lo que yo me imaginaba.

Figurábame ver venir por carreteras, calles y plazas la sombra misteriosa, ya alargada, luego del alba y al ocaso, ya recogida, al mediodía, ver que se prolongaba de ella un brazo o que se recogía, verla elevarse por un muro, cruzarse con otras sombras, pero de objetos inanimados...

Porque hasta los animales habrían de huir de ella llenos de espanto. Figurábame que hasta la más intrépida fiera huiría aterrada al ver acercarse a ella la sombra de un hombre sin hombre. Como si de pronto nos, sobrecogiera la sombra de una nube sin nube visible en el cielo sino este sereno y radiante de plenitud de azul. Y me imaginaba una escena trágica y es que en una calle se encontraran, a pleno sol, un ciego que avanzaba a tientas por ella y la sombra humana sin cuerpo y los espectadores esperaran aterrados el encuentro de sus dos sombras, y que estas se mezclaran y confundieran y el ciego pasase sin haber sentido nada.

Y pensaba que las gentes se preguntarían si era, en efecto, de hombre la sombra, si era una sombra humana, y se pondrían —¡desde lejos, claro!— a estudiarla y luego a estudiar sus propias sombras y a ver si así determinaban cómo sería el hombre invisible que proyectaba aquella sombra. Sin que faltasen pedantes que quisieran aplicar al estudio de aquel pavoroso misterio la geometría proyectiva.

Y luego di en pensar que la sombra

de Pedro Schlemihl recorriera el mundo en busca de su cuerpo, del cuerpo de Schlemihl, y este lo recorriera a su vez en busca de aquélla. Y acabé por pensar si no somos todos sombras a la busca de sus cuerpos y si no hay otro mundo en que nuestros cuerpos nos están buscando. Y entonces di en pensar que aquella comezón del suicidio que me atormentaba no era sino el deseo de encontrar a mi padre, que era el cuerpo de que era yo la sombra.

Pero entonces se me ocurrió que como el mundo en que vivía mi padre era un mundo todo él de sombra, un mundo que no era más que sombra, dejaría de ser yo en él lo que era, una sombra, y no encontraría a nadie. Porque, ¿cómo va a encontrar nada el que se vuelve nada? En aquellos días no salía de casa y aun en esta huía de la luz. Me aterraba la idea de poder ver mi propia sombra, sombra de sombra. Una tarde en que, sin poder evitarlo, vi la sombra de mi cabeza proyectada en la pared, de donde el otro había quitado un retrato de mi padre, creía que se me vaciaba la cabeza. Y entonces supe lo que es el terror en las raíces del alma.

La carta del difunto

I

Jorge y Juana se querían mucho y se querían desde muy niños. Yo no me precio de saber describir el amor, y así me bastará decir al lector de este verosímil cuento que se querían Jorge y Juana tanto y tan bien como se quieren un joven y una joven rayanos en los veinte años, cuando bien se quieren.

Era Juana una muchacha sencilla y natural, positivamente idealista, que se levantaba a las seis, tomaba chocolate, iba a misa, volvía de misa, hacía la cama y se ponía a trabajar. Leía el Año Cristiano y creía a pies juntillas todo cuanto enseña nuestra santa madre la Iglesia Católica, Apostólica y Romana, aunque es lo cierto que ella ignora a la mitad de lo que enseña, y creía también otras muchas cosas que nuestra san ta madre la Iglesia Católica, Apostólica y Romana no enseña, como son que de los matrimonios entre parientes nacen hijos sordos, que los judíos son feos y tantas otras cosas más. Tenía sus puntas y ribetes de idealismo y sus trencillas de misticismo bordando un fondo positivista a carta cabal. Rezaba mucho y dormía más, creía querer a Dios sobre todas las cosas y al novio como a sí misma y quería en realidad a sí misma sobre todas las cosas y a su novio como a Dios.

Basta de datos psicológicos, que con los que preceden tendrá bastante todo lector de buena voluntad.

Jorge era otro que tal, genio alegre y sombrío, fantástico y franco, idealista y práctico, que vivía en prosa y soñaba en verso. Cuando el sol más vigoroso cosquilleaba a la madre Tierra se estaba él metidito en su casa pasándose el tiempo, y cuando la lluvia más torrencial inundaba los campos, recorría a pie y solo los montes envuelto en su ancho impermeable. Todo lector discreto conoce ya a mi Jorge.

Jorge y Juana se querían mucho y porque sí.

Aseguro a mis lectoras, si alguna tiene este cuento, que se querían tanto, por lo menos, como cada una de ellas quiere a su novio.

Jorge enfermó del pecho y el médico

anunció la tempestad en cuanto vio los relámpagos y oyó los truenos. Jorge se moría como si tal cosa.

Días antes de su muerte tuvo la extraña ocurrencia, a despecho de su familia y contra sus consejos, de pasarse escribiendo las horas muertas, y escribió más que ciento veintitrés escribanos en cuatro horas. Y se murió sin que su muerte tuviera nada de diferente de las demás muertes.

II

Cuando Juana supo la muerte de Jorge creyó que se moría también, pero no murió; «la tenía el Señor reservada para nuevos destinos». No murió, pero sí pasó en la cama unos días en los brazos ardientes de la fiebre. El doctor Tiempo la curó admirablemente sin emplastos ni potingues.

Juana sanó y fue poquito a poco recobrando sus colores...

Quieren decir estos puntos suspensivos que han pasado ya dos años. Juana tiene un nuevo novio, Emilio. Juana y Emilio se querían mucho, se querían tanto como se habían querido Jorge y Juana. Jorge quiso a Juana, y fue por ella amado, y esta quería ahora a Emilio, que la quería. Este argumento se llama sorites.

Pero Emilio no murió, ni Juana tampoco; Jorge ya estaba muerto.

Pidió Emilio a la familia de Juana la mano de esta, y de común acuerdo se concertó la boda para el día 5 de junio del año de 1...

Llegó el 5 de junio jadeante, pisando

los talones al 4. La víspera de la boda, es decir, el 4, Juana se hartó de rezar, y en el hermoso horizonte de sus venideros goces veía de tiempo en tiempo la sombra negra de sus memorias viejas. «¡Pobre Jorge!», murmuraba, y era la verdad, ¡pobrecillo! Los casó el cura en la iglesia, y se fueron con los parientes y convidados, que sólo deseaban zambullir a la salud de los novios, como si la felicidad futura (como quien dice lo absoluto relativo) de estos consistiera en la panza de sus parientes y allegados.

III

Llegaban a los postres cuando llegó como postre una carta para Juana. La que fue novia de Jorge y era mujer ya de Emilio se sobrecogió de espanto y quedó lívida. Los rasgos de la letra de aquel sobre eran los rasgos de la letra del difunto; aquellos palos de las eles, las haches y las ges, sus palos; aquellos puntos de las íes, sus puntos.

Todo el cuerpo le sacudió y se le fue la cabeza creyendo ver la huesosa mano del difunto que trazaba aquellos renglones. Volvió en sí y, más muerta que viva, rompió el sobre. Los convidados esperaban como palominos atontados el fin del suceso, pero sin dejar de comer.

Y leyó Juana esta carta:

«Desde la tumba, 4 de junio de 1...

»Cuando leas esta carta creerás ver la mano descarnada y huesosa de mi cadáver trazando sus muertas líneas. ¡Dales vida con tu mirada! ¡Quién lo hubiera dicho! Yo me morí y tú vives; yo te quise y tú quieres, no a la sombra de tu Jorge, sino a otro..., no sé a quién. ¿Conque te casas? Haces bien, y que sea enhorabuena. Pero te escribo no para reprocharte, ni para burlarme de ti, ni para pedir tus oraciones, sino para aconsejarte. Si llegas a ser feliz como espero, piensa que conmigo lo hubieras sido más; si alguna vez tu marido te falta, piensa que yo no te hubiera faltado, y si le faltas tú y lo comprendes y te arrepientes, piensa y cree que a mí no me hubieras faltado, y piensa siempre en mí para compararme con tu marido.

» Aunque nazca alguno de tus hijos,

si es que los tienes, el día de San Jorge, no le pongas por nombre el mío; renuncio a la parte (espiritual, se entiende) que en el angelito pueda yo tener.

»No reces por mí; estoy bien y nada deseo; otros, vivos, habrá que necesiten más de tus oraciones.

»Cuando algo te eche en cara tu marido, replícale. ¡Ay, Fulano, otra cosa hubiera sido mi Jorge! Verás cómo le escuece.

»Piensa también a menudo que como mueren los amantes pueden morir los maridos. Por lo demás, mis consejos en otras menudencias nada tienen de nuevo; lee la Higiene del matrimonio, el Arte de ser buenos y felices, el Arte de hacer maridos, el de cocina, la Guía de los casados y la Imitación de Cristo y asiste de cuando en cuando al oficio de difuntos.

»Cuando te halles en las horas de mayor deleite no olvides que duerme lleno de frío y con la cabeza de hueso apoyada en almohada de piedra, solo y en un nicho estrecho, húmedo y oscuro, sin sentir el cosquilleo de los gusanos, tu

» Jorge.»

Juana inclinó la cabeza sobre el pecho, perdió el color y cayó desplomada al suelo, presa de un terror pánico, estrujando en sus manos convulsas la carta maldita. Los convidados la acostaron y se fueron a sus casas cariacontecidos, aunque no sin haber llenado antes sus bolsillos de yemas, bizcochos, hojaldres y otras golosinas.

IV

Juana pasó los primeros días de recién casada horribles: en el delirio de la fiebre, veía ante su cama la imagen viva de Jorge el muerto, y a las veces daba un grito y quería saltar de la cama, viendo en ella el esqueleto blanco y helado de su antiguo novio. No prosigo en esto, porque no trato de hacer un cuento terrorífico.

Sanó del accidente, pero es lo cierto que toda la vida vivió presa de horribles pesadillas y de manías tristes. Ni la solicitud de su marido, ni las mil diversiones que la procuraba daban juego. A las noches, en el silencio solemne, daba a las veces un grito agudo y se abrazaba a su marido, diciéndole:

—¡Emilio! ¡Emilio! ¡Guárdame! Mírale cómo se ríe.

No podía ver ni pintados la Higiene del matrimonio, el Arte de ser buenos y felices, el de hacer maridos, y el de cocina, la Guía del matrimonio y la Imitación de Cristo. Le parecían libros escritos por el mismísimo demonio, siendo así que son lecturas sanas y alguna de ellas insuperable.

V

Jorge había tenido un solo amigo, Perico, con quien hablaba, paseaba, reía y lloraba.

Dos días antes de morir le llamó y, entregándole una carta, le dijo:

—Júrame cumplir lo que te encargo.

Perico juró.

—Toma esta carta abierta; si algún día sabes que Juana se casa, ábrela, llena los huecos de la fecha poniendo el día y el año de la víspera de la boda, y ese mismo día echa al correo la carta, pero sin mirar antes ni una jota de su contenido.

»Perico juró cumplirlo y lo cumplió tan fielmente como suele un buen amigo y debe un buen cristiano.

El que se enterró

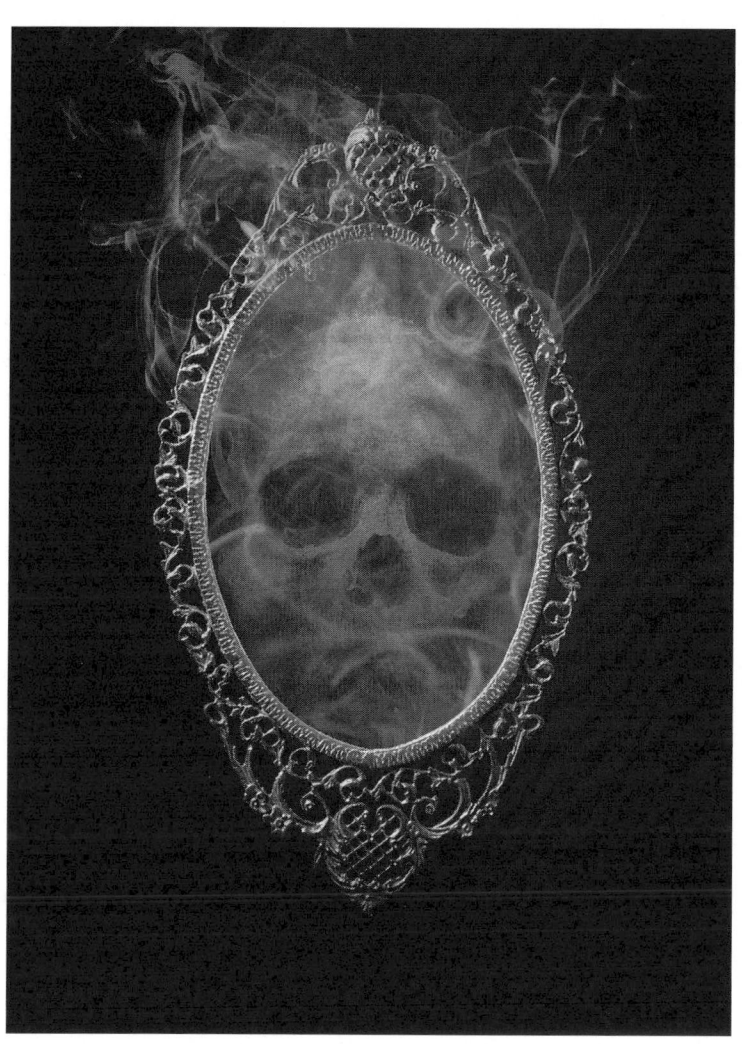

Era extraordinario el cambio de carácter que sufrió mi amigo. El joven jo-
vial, dicharachero y descuidado, habíase
convertido en un hombre tristón, taci-
turno y escrupuloso. Sus momentos de
abstracción eran frecuentes y durante
ellos parecía como si su espíritu viajase
por caminos de otro mundo. Uno de nuestros amigos, lector y descifrador asiduo de
Browning, recordando la extraña compo-
sición en que este nos habla de la vida de
Lázaro después de resucitado, solía decir
que el pobre Emilio había visitado la

muerte. Y cuantas inquisiciones emprendimos para adivinar la causa de aquel misterioso cambio de carácter fueron inquisiciones infructuosas. Pero tanto y tanto le apreté y con tal insistencia cada vez, que por fin un día, dejando transparentar el esfuerzo que cuesta una resolución costosa y muy combatida, me dijo de pronto: "Bueno, vas a saber lo que me ha pasado, pero le exijo, por lo que le sea más santo, que no se lo cuentes a nadie mientras yo no vuelva a morirme." Se lo prometí con toda solemnidad y me llevó a su cuarto de estudio, donde nos encerramos. Desde antes de su cambio no había yo entrado en aquel su cuarto de estudio. No se había modificado en nada, pero ahora me pareció más en consonancia con su dueño. Pensé por un momento que era su estancia más habitual y favorita la que le había cambiado de modo tan sorprendente. Su antiguo asiento, aquel ancho sillón frailero, de vaqueta, con sus grandes brazos, me pareció adquirir nuevo sentido. Estaba examinándolo cuando Emilio, luego de haber cerrado cuidadosamente la puerta, me dijo, señalándomelo:

—Ahí sucedió la cosa.

Le miré sin comprenderle. Me hizo sentar frente a él, en una silla que estaba al otro lado de su mesita de trabajo, se arrellanó en su sillón y empezó a temblar. Yo no sabía qué hacer. Dos o tres veces intentó empezar a hablar y otras tantas tuvo que dejarlo. Estuve a punto de rogarle que dejase su confesión, pero la curiosidad pudo en mí más que la piedad, y es sabido que la curiosidad es una de las cosas que más hacen al hombre cruel. Se quedó un momento con la cabeza entre las manos y la vista baja; se sacudió luego como quien adopta una súbita resolución, me miró fijamente y con unos ojos que no le conocía antes, y empezó:

—Bueno; tú no vas a creerme ni palabra de lo que te voy a contar, pero eso no importa. Contándotelo me libertaré de un grave peso, y me basta. No recuerdo qué le contesté, y prosiguió—: Hace cosa de año y medio, meses antes del misterio, caí enfermo de terror. La enfermedad no se me conocía en nada ni tenía manifestación externa alguna, pero me hacía sufrir horriblemente. Todo me infundía miedo, y parecía envolverme una atmósfera de espanto. Presentía peligros vagos. Sentía a todas horas la presencia invisible de la muerte, pero de la verdadera muerte, es decir, del anonadamiento. Despierto, ansiaba porque llegase la hora de acostarme a dormir, y una vez en la cama me sobrecogía la congoja de que el sumo se adueñara de mí para siempre. Era una vida insoportable, terriblemente insoportable. Y no me sentía ni siquiera con resolución para suicidarme, lo cual pensaba yo entonces que sería un remedio. Llegué a temer por mi razón...

—¿Y cómo no consultaste con un especialista? —le dije por decirle algo.

—Tenía miedo, como lo tenía de todo. Y este miedo fue creciendo de tal modo, que llegué a pasarme los días enteros en este cuarto y en este sillón mismo en que ahora estoy sentado, con la puerta cerrada, y volviendo a cada momento la vista atrás. Estaba seguro de que aquello no podía prolongarse y de que se acercaba la catástrofe o lo que fuese. Y en efecto llegó. Aquí se detuvo un momento y pareció vacilar.

—No lo sorprenda el que vacile —prosiguió— porque lo que vas a oír no me lo he dicho todavía ni a mí mismo. El miedo era ya una cosa que me oprimía por todas partes, que me ponía un dogal al cuello y amenazaba hacerme estallar el corazón y la cabeza. Llegó un día, el siete de setiembre, en que me desperté en el paroxismo del terror; sentía acorchados cuerpo y espíritu. Me preparé a morir de miedo. Me encerré como todos los días aquí, me senté donde ahora estoy sentado, y empecé a invocar a la muerte. Y es natural, llegó —advirtiéndome la mirada, añadió tristemente—: Sí, ya sé lo que piensas, pero no me importa. Y prosiguió —: A la hora de estar aquí sentado, con la cabeza entre las manos y los ojos fijos en un punto vago más allá de la superficie de esta mesa, sentí que se abría la puerta y que entraba cautelosamente un hombre. No quise levantar la mirada. Oía los golpes del corazón y apenas podía respirar. El hombre se detuvo y se quedó ahí, detrás de esa silla que ocupas, de pie, y sin duda mirándome. Cuando pasó un breve rato me decidí a levantar los ojos y mirarlo. Lo que entonces pasó por mí fue indecible; no hay para expresarlo palabra alguna en el lenguaje de los hombres que no se mueren sino una sola vez. El que estaba ahí, de pie, delante mío, era yo, yo mismo, por lo menos en imagen. Figúrate que, estando delante de un espejo, la imagen que de ti refleja en el cristal se desprende de este, toma cuerpo y se te viene encima...

—Sí, una alucinación... —murmuré.

—De eso ya hablaremos —dijo y siguió—: Pero la imagen del espejo ocupa la postura que ocupas y sigue tus movimientos, mientras que aquel mi yo de fuera estaba de pie, y yo, el yo de dentro de mí, estaba sentado. Por fin el otro se sentó también, se sentó donde tú estás sentado ahora, puso los codos sobre la mesa como tú los tienes, se cogió la cabeza, como tú la tienes, y se quedó mirándome como me estás ahora mirando. Temblé sin poder remediarlo al oírle esto, y él, tristemente, me dijo—: No, no tengas también tú miedo; soy pacífico. —Y siguió—: Así estuvimos un momento, mirándonos a los ojos el otro y yo, es decir, así estuve un rato mirándome a los ojos. El terror se había transformado en otra cosa muy extraña y que no soy capaz de definirte; era el colmo de la desesperación resignada. Al poco rato sentí que el suelo se me iba de debajo de los pies, que el sillón se me desvanecía, que el aire iba enrareciéndose, las cosas todas que tenía a la vista, incluso mi otro yo, se iban esfumando, y al oír al otro murmurar muy bajito y con los labios cerrados: "Emilio, Emilio", sentí la muerte. Y me morí. Yo no sabía qué hacer al oírle esto. Me dieron tentaciones de huir, pero la curiosidad venció en mí al miedo. Y él continuó:

—Cuando al poco rato volví en mí, es decir, cuando al poco rato volví al otro, o sea, resucité, me encontré sentado ahí, donde tú te encuentras ahora sentado y donde el otro se había sentado antes, de codos en la mesa y cabeza entre las palmas contemplándome a mí mismo, que estaba donde ahora estoy. Mi conciencia, mi espíritu, habían pasado del uno al otro, del cuerpo primitivo a su exacta reproducción. Y me vi, o vi mi anterior cuerpo, lívido y rígido, es decir, muerto. Había asistido a mi propia muerte. Y se me había limpiado el alma de aquel extraño terror. Me encontraba triste, muy triste, abismáticamente triste, pero sereno y sin temor a nada. Comprendí que tenía que hacer algo; no podía quedar así y aquí el cadáver de mi pasado. Con toda tranquilidad reflexioné lo que me convenía hacer. Me levanté de esa silla, y, tomándome el pulso, quiero decir, tomando el pulso al otro, me convencí de que ya no vivía. Salí del cuarto dejándolo aquí encerrado, bajé a la huerta, y con un pretexto me puse a abrir una gran zanja. Ya sabes que siempre me ha gustado hacer ejercicio en la huerta. Despaché a los criados y esperé la noche. Y cuando la noche llegó cargué a mi cadáver a cuestas y lo enterré en la zanja. El pobre perro me miraba con ojos de terror, pero de terror humano; era, pues, su mirada una mirada humana. Le acaricié diciéndole: no comprendemos nada de lo que pasa, amigo, y en el fondo no es esto más misterioso que cualquier otra cosa...

—Me parece una reflexión demasiado filosófica para ser dirigida a un perro —le dije.

—¿Y por qué? —replicó—. ¿O es que crees que la filosofía humana es más profunda que la perruna?

—Lo que creo es que no lo entendería.

—Ni tú tampoco, y eso que no eres perro.

—Hombre, sí, yo lo entiendo.

—¡Claro, y me crees loco!... Y como yo callara, añadió—: Te agradezco ese silencio. Nada odio más que la hipocresía. Y en cuanto a eso de las alucinaciones, he de decirte que todo cuanto percibimos no es otra cosa, y que no son sino alucinaciones nuestras impresiones todas. La diferencia es de orden práctico. Si vas por un desierto consumiéndote de sed y de pronto oyes el murmurar del agua de una fuente y ves el agua, todo esto no pasa de alucinación. Pero si arrimas a ella tu boca y bebes y la sed se te apaga, llamas a esta alucinación una impresión verdadera, de realidad. Lo cual quiere decir que el valor de nuestras percepciones se estima por su efecto práctico. Y por su efecto práctico, efecto que has podido observar por ti mismo, es por lo que estimo lo que aquí me sucedió y acabo de contarte. Porque tú ves bien que yo, siendo el mismo, soy, sin embargo, otro.

—Esto es evidente...

—Desde entonces las cosas siguen siendo para mí las mismas, pero las veo con otro sentimiento. Es como si hubiese cambiado el tono, el timbre de todo. Vosotros creéis que soy yo el que he cambiado y a mí me parece que lo que ha cambiado es todo lo demás.

Como caso de psicología... —murmuré.

—¿De psicología? ¡Y de metafísica experimental!

—¿Experimental? —exclamé

—Ya lo creo. Pero aún falta algo. Ven conmigo. Salimos de su cuarto y me llevó a un rincón de la huerta. Empecé a temblar como un azogado, y él, que me observó, dijo—: ¿Lo ves? ¿Lo ves? ¡También tú! ¡Ten valor, racionalista!

Me percaté entonces de que llevaba un azadón consigo. Empezó a cavar con él mientras yo seguía clavado al suelo por un extraño sentimiento, mezcla de terror y de curiosidad. Al cabo de un rato se descubrió la cabeza y parte de los hombros de un cadáver humano, hecho ya casi esqueleto. Me lo señaló con el dedo diciéndome:

—¡Mírame!

Yo no sabía qué hacer ni qué decir.

Volvió a cubrir el hueco.

Yo no me movía.

—Pero ¿qué te pasa, hombre? —dijo, sacudiéndome el brazo. Creí despertar de una pesadilla. Lo miré con una mirada que debió de ser el colmo del espanto—. Sí —me dijo—, ahora piensas en un crimen; es natural. ¿Pero has oído tú de alguien que haya desaparecido sin que se sepa su paradero? ¿Crees posible un crimen así sin que se descubra al cabo? ¿Me crees criminal?

—Yo no creo nada —le contesté.

—Ahora has dicho la verdad; tú no crees en nada y por no creer en nada no te puedes explicar cosa alguna, empezando por las más sencillas. Vosotros, los que os tenéis por cuerdos, no disponéis de más instrumentos que la lógica, y así vivís a oscuras...

—Bueno —le interrumpí—, y todo esto ¿qué significa?

—¡Ya salió aquello! Ya estás buscando la solución o la moraleja. ¡Pobres locos! Se os figura que el mundo es una charada o un jeroglífico cuya solución hay que hallar. No, hombre, no; esto no tiene solución alguna, esto no es ningún acertijo ni se trata aquí de simbolismo alguno. Esto sucedió tal cual te lo he contado, y, si no me lo quieres creer, allá tú.

Después de que Emilio me contó esto y hasta su muerte, volví a verle muy pocas veces, porque rehuía su presencia. Me daba miedo. Continuó con su carácter mudado, pero haciendo una vida regular y sin dar el menor motivo a que se le creyese loco. Lo único que hacía era burlarse de la lógica y de la realidad. Se murió tranquilamente, de pulmonía, y con gran valor. Entre sus papeles dejó un relato circunstanciado de cuanto me había con

tado y un tra tado sobre la alucinación.

Para nosotros fue siempre un misterio la

existencia de aquel cadáver en el rincón

de la huerta, existencia que se pudo com-

probar.

En el tratado a que hago referencia

sostenía, según me dijeron, que a muchas,

a muchísimas personas les ocurren duran-

te la vida sucesos trascendentales, miste-

riosos, inexplicables, pero que no se atre-

ven a revelar por miedo a que se les tenga

por locos. "La lógica —dice— es una ins-

titución social y la que se llama locura

una cosa completamente privada. Si pudiéramos leer en las almas de los que nos rodean veríamos que vivimos envueltos en un mundo de misterios tenebrosos, pero palpables".

Juan Manso

Cuento de muertos

Don Miguel el agorero.
Caricaturizado por Bagaría en La Esfera (1916)

Autorretrato

Y va de cuento.

Era Juan Manso en esta pícara tierra un bendito de Dios, una mosquita muerta que en su vida rompió un plato. De niño cuando jugaban al burro sus compañeros, de burro hacia él; más tarde fue el confidente de los amoríos de sus camaradas, y cuando llegó a hombre hecho y derecho le saludaban sus conocidos con un cariñoso: «¡Adiós, Juanito!».

Su máxima suprema fue siempre la del chino: no comprometerse y arrimarse al sol que más calienta.

Aborrecía la política, odiaba los negocios, repugnaba todo lo que pudiera turbar la calma chicha de su espíritu.

Vivía de unas rentillas, consumiéndolas íntegras y conservando entero el capital. Era bastante devoto, no llevaba la contraria a nadie y como pensaba mal de todo el mundo, de todos hablaba bien.

Si le hablabas de política, decía: «Yo no soy nada, ni fu ni fa, lo mismo me da rey que roque: soy un pobre pecador que quiere vivir en paz con todo el mundo».

No le valió, sin embargo, su manse-

dumbre y al cabo se murió, que fue el
único acto comprometedor que efectuó en
su vida.

* * *

Un ángel armado de flamígero espadón hacía el apartado de las almas, fiján-
dose en el señuelo con que las marcaban
en un registro o aduana por donde tenían
que pasar al salir del mundo, y donde, a
modo de mesa electoral, ángeles y demonios, en amor y compañía, escudriñaban
los papeles por si no venían en regla.

La entrada al registro parecía taquilla de expendeduría en día de corrida mayor. Era tal el remolino de gente, tantos los empellones, tanta la prisa que tenían todos por conocer su destino eterno y tal el barullo que imprecaciones, ruegos, denuestos y disculpas en las mil y una lenguas, dialectos y jergas del mundo armaban, que Juan Manso se dijo: «¿Quién me manda meterme en líos? Aquí debe de haber hombres muy brutos».

Esto lo dijo para el cuello de su camisa, no fuera que se lo oyesen.

El caso es qué el ángel del flamígero espadón, maldito el caso que hizo de él, y así pudo colocarse camino de la Gloria.

Iba solo y pian *pianito*. De vez en vez pasaban alegres grupos, cantando letanías y bailando a más y mejor algunos, cosa que le pareció poco decente en futuros bienaventurados.

Cuando llegó al alto se encontró con una larga cola de gente a lo largo de las tapias del Paraíso, y unos cuantos ángeles que cual guindillas en la tierra velaban por el orden.

Colócase Juan Manso a la cola de la

cola. A poco llegó un humilde franciscano, y tal maña se dio, tan conmovedoras razones adujo sobre la prisa que le corría por entrar cuanto antes, que nuestro Juan Manso le cedió su puesto diciéndose: «Bueno es hacerse amigos hasta en la Gloria eterna».

El que vino después, que ya no era franciscano, no quiso ser menos y sucedió lo mismo.

En resolución, no hubo alma piadosa que no birlara el puesto a Juan Manso, la fama de cuya mansedumbre corrió por toda la cola y se transmitió como tradición flotante sobre el continuo fluir de gente por ella. Y Juan Manso, esclavo de su buena fama.

Así pasaron siglos al parecer de Juan Manso, que no menos tiempo era preciso para que el corderito empezara a perder la paciencia. Topó por fin cierto día con un santo y sabio obispo, que resultó ser tataranieto de un hermano de Manso. Expuso este sus quejas a su tatarasobrino y el santo y sabio obispo le ofreció interceder por él junto al Eterno Padre, promesas en cuyo cambio cedió Juan su puesto al obispo santo y sabio.

Entró este en la Gloria y, como era de rigor, fue derechito a ofrecer sus respetos al Padre Eterno. Cuando hubo rematado el discursillo, que oyó el Omnipotente distraído, dijole este:

—¿No traes postdata? —Mientras le sondeaba el corazón con su mirada.

—¡Señor, permitidme que interceda por uno de tus siervos que allá, a la cola de la cola...!

—Basta de retóricas —dijo el Señor con voz de trueno—. ¿Juan Manso?

—El mismo, Señor; Juan Manso, que...

—¡Bueno, bueno! Con su pan se lo coma, y tú no vuelvas a meterte en camisa de once varas.

Y volviéndose al ángel introductor de almas, añadió: «¡Que pase otro!».

Si hubiera algo capaz de turbar la alegría inseparable de un bienaventurado, diríamos que se turbó la del santo y sabio obispo. Pero, por lo menos, movido de piedad acercose a las tapias de la Gloria, junto a las cuales se extendía la cola, trepó a aquéllas, y llamando a Juan Manso, le dijo:

—¡Tataratío, cómo lo siento! ¡Cómo

lo siento, hijito mío! El Señor me ha dicho que te lo comas con tu pan y que no vuelva a meterme en camisa de once varas. Pero... ¿sigues todavía en la cola de la cola? Ea, ¡hijito mío!, ármate de valor y no vuelvas a ceder tu puesto.

—¡A buenas horas mangas verdes! —exclamó Juan Manso, derramando lagrimones como garbanzos.

Era tarde, porque pesaba sobre él la tradición fatal y ni le pedían ya el puesto, sino que se lo tomaban.

Con las orejas gachas abandonó la cola y empezó a recorrer las soledades y baldíos de ultratumba, hasta que topó con un camino donde iba mucha gente, cabizbajos todos. Siguió sus pasos y se halló a las puertas del Purgatorio.

—Aquí será más fácil entrar —se dijo—, y una vez dentro y purificado me expedirán directamente al Cielo.

—Eh, amigo, ¿a dónde va?

Volviose Juan Manso y hallose cara a cara con un ángel, cubierto con una gorrita de borla, con una pluma de escribir en la oreja, y que le miraba por encima de unas gafas. Después que le hubo examinado de alto abajo, le hizo dar vuelta, frunció el entrecejo y le dijo:

—¡Hum, *malorum causa*! Eres gris hasta los tuétanos... Temo meterte en nuestra lejía, no sea que te derritas. Mejor harás en ir al Limbo.

—¡Al Limbo!

Por primera vez se indignó Juan Manso al oír esto, pues no hay varón tan paciente y sufrido que aguante el que un ángel le trate de tonto de capirote.

Desesperado tomó camino del Infierno. No había en este cola ni cosa que lo valga. Era un ancho portalón de donde salían bocanadas de humo espeso y negro y un estrépito infernal. En la puerta un pobre diablo tocaba un organillo y se desgañitaba gritando:

—Pasen ustedes, señores, pasen... Aquí verán ustedes la comedia humana. Aquí entra el que quiere.

Juan Manso cerró los ojos.

—¡Eh, mocito, alto! —le gritó el pobre diablo.

—¿No dices que entra el que quiere?

—Sí, pero... ya ves —dijo el pobre diablo poniéndose serio y acariciándose el rabo—, aún nos queda una chispita de conciencia... y la verdad... tú...

—¡Bueno! ¡Bueno! —dijo Juan Manso volviéndose porque no podía aguantar el humo.

Y oyó que el diablo decía para su capote: «¡Pobrecillo!».

—¡Pobrecillo! Hasta el diablo me compadece.

Desesperado, loco, empezó a recorrer, como un tapón de corcho en medio del océano, los inmensos baldíos de ultratumba, cruzándose de cuando en cuando con el alma de Garibay.

Un día que atraído por el apetitoso olorcillo que salía de la Gloria se acercó a las tapias de esta a oler lo que guisaban dentro, vio que el Señor, a eso de la caída de la tarde, salía a tomar el fresco por los jardines del Paraíso. Le esperó junto a la tapia, y cuando vio su augusta cabera, abrió los brazos en ademán suplicante, y con tono un tanto despechado le dijo:

—¡Señor, Señor! ¿No prometiste a los mansos vuestro reino?

—Sí; pero a los que embisten, no a los embolados.

Y le volvió la espalda.

* * *

Una antiquísima tradición cuenta que el Señor, compadecido de Juan Manso, le permitió volver a este pícaro mundo; que de nuevo en él, empezó a embestir a diestro y siniestro con toda la intención de un pobrecito infeliz: que muerto de segunda vez atropelló la famosa cola y se coló de rondón en el Paraíso.

Y que en él no cesa de repetir: «¡Milicia es la vida del hombre sobre la tierra!».

FIN

Libros Mablaz Ciencia Ficcion y Fantasía

http://librosmablaz.com/

Libros Mablaz CLÁSICOS de Ciencia Ficción recuperados

http://librosmablaz.com/

Libros Mablaz

Narrativa — Relatos

/www.librosmablaz.com/